KB209956

절벽에 꽃이 피다

작가마을 시인선 71

절벽에 꽃이 피다

© 2024 최 옥

초판인쇄 | 2024년 12월 10일
초판발행 | 2024년 12월 15일

지 은 이 | 최 옥
펴 낸 이 | 배재경
펴 낸 곳 | 도서출판 작가마을
등   록 | 제 2002-000012호
주   소 | 부산광역시 중구 대청로141번길 3, 501호(중앙동, 다온빌딩)
           T. 051)248-4145, 2598 F. 051)248-0723 E. seepoet@hanmail.net

ISBN 979-11-5606-278-3 03810 정가 11,000원

※ 이 책의 무단전재 및 복제행위는 저작권법에 의거, 처벌의 대상이 됩니다.

※ 본 도서는 2024년 부산광역시, 부산문화재단 '부산문화예술지원사업'으로 지원을 받았습니다.

작가마을 시인선 **71**

절벽에 꽃이 피다

최 옥 시집

도서출판
작가마을

30년 넘게 시를 썼다.
시를 배울 때 해주시던 교수님 말씀 중에
지금도 기억나는 것은 단 두 마디다.
쉽게 써라.
주제를 살려라.

읽는 순간, 가슴 깊은 곳에
울림을 주는 시를 만나면 정말 기쁘다.
반면, 요즘의 난해한 시 속에서
나는 가끔 절망한다.
과연 이 시가 말하는 것이 무엇인지
왜 나는 알 수도 없고, 이해할 수도 없는 걸까.

나는, 나 자신과 비평가들만 아는 시가 아닌
최대한 독자들과 공감할 수 있는 시를 쓰려고
노력했고, 앞으로도 노력할 것이다.

2024년 최 옥

제2부

제3부

제4부

작가마을
시인선
071

절벽에 꽃이 피다

최 옥

제
1
부

삼월의 흉터

달력에 적힌 삼월의 날짜들은
이제 흉터가 되었다
엘리엇의 사월보다 잔인했던 달
봄이라는 이름으로 와서
아주 따뜻한 이름으로 와서
온 생을 송두리째 흔들어 놓았다
그 봄날, 흩날리던 꽃잎들은
숨 쉬던 순간마다 생채기를 남겼고
나는 먼지 하나의 무게
햇살 한 줄기의 무게를 알게 되었다
빈틈없이 흉터만 가득한 줄 알았던 삼월
비로소 그 흉터 속에서
우리가 좋아했던 바다를 보았고
백사장을 걸어가던 당신 발자국을 보았다
그리고 수평선을 보았다 끝인 것 같지만
다시는 끊어지지 않을 영원이 존재하는 곳
내가 남겨둔 단 한 줄의 말이
그 수평선을 닮았음을
거기 당신 있음을 이제는 안다
다시 봄이 오려나 보다

당신의 봄날은 어떠한가요

누군가는 봄날을 즐기려고
꽃놀이를 가고
누군가는 벚꽃 아래서
꽃비를 맞으며 웃던 그 봄날
당신과 내가 팽팽하게 붙잡고 있던 선이
툭, 하고 끊어졌다

그때부터였을까
누구와도 눈을 맞출 수가 없었다
시선은 허공을 맴돌았고
몸을 스쳐 가는 공기는 쓰리고 아팠다
수많은 기억도, 하고 싶었던 말도
단 한 줄이 되었고
나는 늘 다음 말을 잇지 못했다

내 눈 속을 돌아다니던
눈물 한 방울이
떨어지지도, 없어지지도 않던
그 눈물 한 방울이
전하지 못했던 말을 거듭 어루만졌다

당신이 옆에서 하던 말도
수시로 되묻곤 하던 나
오늘은 내가 먼저 말을 걸어 본다
지금 당신의 봄날은 어떠한가요
혹시, 나의 봄날이 궁금하지는 않으신가요

우산

차 트렁크에
던져놓은 하느님
아주 잊고 있어도
나와 함께 다니고
나와 함께 덜컹거리다가
어느 날, 참을 수 없는
눈물이 쏟아지면
온몸으로 나를 감싸 주신다

나무와 마주 앉다

또다시 저녁이 오네요 개와 늑대의 시간이라는
그 야릇한 시간 속에 나를 숨기며
묵주 하나 들고 돌산공원으로 갑니다
또 하루를 살았다는 안도감을 내려놓고
나무와 마주 앉습니다 늘 그러하듯 저 나무는
오늘도 먼 산에 있는 나무만 보고 있을 뿐
한 번도 나를 보지 않습니다 나무의 딱딱한 껍질에
쏟아지던 내 숨결은 이내 차가운 바람 속에 섞이고 마네요
그 나무 앞에서 보니엠의 바빌론을 듣습니다
바빌론 강가에 앉아서 시온을 생각하며 울었다던
유다인들, 그 유배의 서러움을 듣고 또 들었습니다

당신이 없는 곳은 어디든 유배의 땅
나무와 천년만년 마주 앉는다 해도
당신을 볼 수 없다는 고통은 결코
저 나무껍질처럼 단단해지지 않겠지요

배춧잎

어느 집 텃밭에서
벌레 먹어
구멍 숭숭 뚫린
배춧잎을
한참 동안 들여다보았다

세상에 살면서
세상에 물들지 못하던
내 삶에도
여기저기 구멍이 생겼다

배춧잎에 난
구멍 속으로
나의 삶이 보였다

절벽에 꽃이 피다

절벽에 핀 꽃을 보다가
멀미가 났다 아찔한 현기증이 났다
바위 틈에 뿌리 박은 꽃은
아무렇지도 않은 표정으로
그저 바람에 흔들릴 뿐
꽃은 자기 자리가 절벽이라는 걸 알까
한 걸음만 움직이면
천 길 아래로 떨어진다는 걸 알고 있을까
살 수도 없을 것 같은 자리에서
어찌 저다지도 아름답게 피었을까

살아온 날들을 돌아보니
절벽인 줄 모르고 살았던 순간들이
모두 꽃으로 피어 있었다

원형 탈모증

미장원에 갔더니 그녀가 말했다
내 머리 속에
원형탈모증이 생겼다고

머리를 빗거나 감을 때마다
한 움큼씩 빠져나가던
가엾은 내 머리카락 자리가
그곳이었구나

그가 빠져나간 자리
그 무엇으로도 채울 수 없어
듬성듬성 표시 나던 일상처럼
내가 볼 수 없는 자리에서
너 또한 조용히 앓고 있었구나

그녀가 또 말했다
지금은 동그랗게 비었지만
머리카락은 다시 자라니 걱정 말라고

빠져 나가기도 하고
잘려 나가기도 하는

머리카락 따위를 걱정한 적은 없다

내가 모르는 자리
내가 볼 수 없는 자리에서
혼자 앓다 남기고 간 그의 자리
그것이 너무 아프다

어느 날, 아침

아침에 눈을 뜨니 잠시 세상은 진공상태다
지루한 삶이야, 라는 생각이 아침을 슬쩍 흔든다
잠시 뒤척거리다 옆자리를 온몸으로 짚으며
끙, 몸을 일으킨다 나와 너를 제외한 창밖의 사람들은
영원히 살 것처럼 오늘도 바쁘게 오고 간다
반쯤 열린 창문으로 들어오는 바람을 손으로 퍼 올려
세수를 하고 나면 뺨에 남은 바람의 흔적이 다정하다
앞산의 키 큰 나무들 오래 전부터 저곳이 집이었을 나무
들은
자신이 나무인 것을 고민해 본 적이 있을까
무심하게 돌아서는데 그 나무로부터 불어왔을 바람이
내 등을 어루만져 준다

나무 같다

나무와 마주 앉아
나무를 바라본다
당신에게 둔 내 마음
꼭 나무 같다

이 산에 있는 나무가
저 산에 있는 나무를
만나러 가는 일처럼

내가 살아있는 한
모든 시간이
이 땅에 뿌리 박고 있는 한
어찌할 수 없는

마스크

코와 입을 드러내고
마음껏 숨 쉴 수도 없는 세상
하얀 마스크 속에서
숨죽여 숨 쉬었다

반가운 사람을 만나도
손을 잡고 흔들 수도 없고
잠시 주먹을 맞대며
눈인사로 지나갔다

한겨울을 견디고 핀 꽃들을
매몰차게 갈아엎어야 했던
시린 봄날도 있었다

표정 관리할 필요도 없고
하품이 나면 입을 가릴 필요도 없었지만
답답한 마스크 속에서
우리는 자유라는 숨을 그리워했다

이제는

정말 립스틱을 바르고 싶다

* 코로나19를 견디며

삶

벼랑을 옆에 두고
달리는 버스 같은 것
유리창 너머
풍경만 보다가
버스가 덜컹거리면
비로소 벼랑을 보게 되는 것
나도 모르게
버스 손잡이를
꽉 잡게 되는 것

틈

저녁 산책을 나섰다가 콩밭을 보았다
시멘트 길 한쪽 구석 도무지 쓸모없을 땅에
누군가 흙을 모두어 이랑을 만들고
콩을 심는 순간 그 땅은 밭이 되었다
숨 쉴 수 있는 틈이 되었다

그 틈을 오래 들여다 보았다
고대의 벽에 구멍을 뚫고
입을 가리며 비밀을 묻어두고 가던
영화 속 남자가 생각났다
조용히 돌아서던 그의 뒷모습은
아름다운 틈이었다

시멘트 길을 닮아버린 일상이지만
나도 구멍을 뚫고 입을 가리며
묻어두고 싶었던 비밀 하나
내 삶의 틈 속에 살며시 숨겼다

무궁화 속에서 잠깐

무궁화를 타고 대전을 지나가던 중이었다
지금은 세상에 없지만 세상에 남아 있는
김광석, 그 남자의 노래가 나를 흔들었다
그대 보내고 가을새와 작별했다는 노래 속에서
내가 그대를 보내고 세상에서 작별한 것들을 생각했다
웃음과 작별한 나, 바다와 작별한 나,
나를 아는 모든 사람들과 작별한 나
쓰라린 시간들이 나를 향해 숨죽이던 밤
어둠 속에서 침묵과 마주 앉아
그대 영혼의 냄새를 애타게 찾았다
그대 보내고, 그대 보내고 되뇌다 보니
사실 그대를 보낸 것이 아니라
나를 송두리째 그대에게 보낸 것이더라
너무 아픈 사랑은 사랑이 아니었다니
그럼 그것은 무엇이었을까 그리도 아파서
무너지던 마음들은 사랑이 아니고 무엇이었을까
차창 밖의 풍경들은 한순간도 멈추지 않고 지나가지만
나는 변함없이 같은 자리에 앉아 있고
그대 또한 변함없이 기억되는 지금
무궁화 홀로 쉬지 않고 달려갔다

별

자정을 넘어 바깥에 나가니
하늘에 셀 수도 없는 구멍이 났다
그 구멍마다 가득 찬 것은 무한대의 시간
끝도 없고 시작도 없는 영원이
그 속에서 빛나고 있었다
얼마나 간절했으면
저리 먼 곳의 빛이 여기까지 닿았을까
그 빛 속에서 조용히 눈을 감으니
보이지 않던 것들이 보였다

그 별이 나였음을
그 별이 당신이었음을
그 별이 머리카락 하나도
상하지 않게 할 것이라던 그분의 약속이었음을

저것은 절벽이다

아홉산을 지나 회동수원지를 물 따라 걸었다
걷고 또 걷다가 햇빛을 깔고 앉아 커피를 마셨고
풍경 좋은 물가에서 점심을 먹었다
눈앞에 수직으로 서 있는 오륜대 절벽을 보며
참 좋다, 대단하다, 아름답다, 는 말을 연거푸 쏟아놓다가

저것은 절벽이다 인간사에서 절망 같은 것이지
저 날선 절벽 위에서 누군가 몸을 날렸을지도 몰라
수없이 죽음을 생각한 사람도 있을 것이다
절벽이 아름답다니, 한 번이라도 절망을 아름답다고
말했던 적이 있었던가

아홉산을 시작으로 회동수원지를 한 바퀴 돌아오니
오륜대 절벽을 품고 있는 부엉산이 나왔다
그 부엉산을 오르다가 몇 번이나 중간에 내려가고 싶었다
절벽을 내 안에 품는 일은 이다지도 숨 가쁜 일
하지만 절벽을 딛고 서서 내려다보니
절벽 아래서는 볼 수 없던 풍경들이 거기 있었다

등대의 시

등대는 등대인 것이 행복할까
검은 밤바다, 검은 파도 앞에서
몸서리치던 밤은 없었을까
파도가 온몸을 부딪치며 가슴을 흔들 때마다
자신이 뿌리박은 자리를 뿌리째 뽑아서
떠나고 싶지는 않았을까

평생 한 곳을 바라보며 사는 일이
때로는 눈병 날만큼 지루한 일
가슴 다독이며 살던 바다도
한 번씩 폭풍우에 몸부림치는 것처럼
등대도 꼭 보여주고 싶은 마음이 있었겠지

아침 바다에 가면
숨소리도 없는 등대의 잠
그것은 등대가 밤을 새워 완성한
한 줄의 시였다

소용돌이

편지를 쓰다가 가끔 예고 없이 잉크가 마르거나
연필심이 툭, 부러지면 가지런했던 당신 기억을
잠깐 놓치기도 했다 질서를 잃은 기억 속에서
방향도 없이 자꾸만 휘청거리던 시간, 시간
그런 밤은 잠드는 것도 온 힘을 쏟아야 하는
노동이 되었다 기억과 기억의 소용돌이 속에서

제 2 부

모른 척하기

바빴다, 피곤했다로 마감하는
하루가 쌓여 간다
약속도, 할 일도 저만치 밀어두고
모른 척이 딱 알맞는 밤
이불 속에서 돌아눕다가
괜히 눈물이 난다
나는 내가 그립다
문밖에 떨고 선 나를
언제나 어찌하지 못한다
내가 그리워했던 나는
늘 등만 보인다
가다가 돌아서고
가다가 돌아섰던 길을 잇는다면
나에게로 가는 길 하나쯤
놓을 수도 있겠지만
그 길은 저만치 밀어 놓고
다시 한번 돌아누우며 눈을 감는다

푸른 그리움

비 오고 바람 부는
광안리 바다를 지나왔다

천 번 만 번 엎어졌다가
천 번 만 번 일어서는 파도를
살게 하는 힘

지나가는 것도 아니고
언제까지나 살아서
끝없이 출렁거리며
가슴을 탕탕 치는 것

녹차 수제비

신불산을 내려오다가 단비 찻집에 들렀다
언젠가 녹차 수제비를 먹으며
해맑은 당신 얼굴을 카메라에 담던 자리는
비어 있었다 그 자리에 앉아서
일 인분의 녹차 수제비를 주문하고
지나갔지만 과거가 되지 못한 시간을 향하여
이 인분의 추억도 주문했다
녹차 수제비와 추억이 동시에 내 앞에 놓였다
따뜻한 김이 하얗게 추억을 감쌌다
늘 직선으로만 흐르던 시간이
원을 그리며 나를 감싸고 돌았다

아버지 생각

아버지, 하루만 뵐 수 있다면 서른 즈음의 내 나이에서
쉰여덟의 당신을 만나고 싶습니다.
소박한 도시락을 싸고 막걸리 한 병 챙겨서
오래전, 우리가 살던 소도시로 소풍을 가요
당신이 배추며 고구마를 지고 오르내리던
산길을 같이 걷고 싶습니다
끙, 밭은 숨을 내쉬며 지게를 내려놓고 쉬어가시던 자리
아직도 기억한답니다
포장되지 않아 지금도 흙먼지 날리는 길이었음 좋겠네요
그 길을 걸어가며 아버지 평생에 쌓인
외로움과 괴로움 흙먼지 털어내듯 툭툭 털어드리고 싶습
니다
당산에만 살던 시원한 바람 지금도 살고 있을까요
아름드리나무 아래서 같이 밥을 먹고
당신 잔에 막걸리 가득가득 채워드리고 싶습니다
밤이면 잠결에 돌아눕다가 아직도 무너지는 가슴
어깨를 잡고 입술까지 끌어올린 이불깃에
살며시 부르는 이름, 아버지

경계선

가끔 그런 생각을 한다
당신과 나의 경계선은 무엇일까
보임과 보이지 않음
들림과 들리지 않음
마주 보며 주고받던 말이
이제는 혼잣말이 됨, 따위가
경계선이 될 수 있을까
내가 알던 사람들과의 관계가
회복하기 힘든 낯설음이 되었지만
지금 당신의 부재는 꿈이고
이 꿈에서 깨면 당신을
다시 볼 수 있다, 그리 믿지만
이승과 저승의 경계라는 건
어쩌면 없을지도 몰라
당신과 나의 거리는
그리움이 가장 깊은 곳까지 닿을 수 있는
그리고 사랑한다는 말이
가장 완전하게 전달될 수 있는
바로 옆자리일지도 몰라

힘겨운 순간

어느 남자가 사랑하는 여인에게 하던 말
아주 힘겨운 순간 무언가를 놓아야 한다면
그게 나이면 안 된다, 라는 말을 만났다

나는 나에게 속삭인다
아주 힘겨운 순간 무언가를 놓아야 한다면
가장 먼저 놓아야 할 것은 바로 나일 것이다

두려움

누군가
무엇인가
싹 틔우고
꽃 피울 수 있는
고운 자리를
행여 내가
막아버린 적은
없었을까
밟아서
숨구멍을
막아버린 적은
없었을까

연분홍 손수건

어버이날, 아이들로부터 소포를 받았다
몸은 멀리 떨어져 있지만
마음 두 개가 곱게 포장되어 왔다
조심조심 뜯어보니 나온 것은
연분홍 손수건 한 장과 엽서와 관광 상품권
손수건에는 카네이션 두 송이가 붉게 수놓아졌고
그 아래 "우리 엄마 해줘서 고마워."라고 새겨져 있었다
내 아이들의 엄마라는 것이 늘 미안한데
미안하고 미안해서 그 손수건에 눈물을 닦았다

능력 있는 엄마도 아니고, 지혜로운 엄마도 아니고
세련된 엄마도 아니었다 아이들이 자랄 때는
어린 마음에 공감해 주지 못하여 부서지기도 했을
마음 한 귀퉁이를 생각하면
오늘 내 마음이 통째로 부서져 내린다
나이 60에 비로소 보이기 시작한 것들을
진즉에 볼 수 있었더라면
나는 좋은 엄마가 될 수 있었을까

쓰레기 분리수거 하러 갔다가
손수건이 들어 있던 봉투를 들고

아이의 낯익은 필체를 본다
행여 주소를 잘못 적었을까 거듭 확인했겠지
살아오면서 아이들에게 잘못했던 마음만 버리고
봉투는 도로 가져왔다
축복은 고통이라는 보자기에 들어 있듯
엄마의 허물을 사랑으로 감싸 안고 온 봉투를
책꽂이에 곱게 꽂아 두고 카톡을 보냈다
"엄마 죽으면 저 손수건 펴서 가슴 위에 얹어 줘."

손수건에 새겨져 온 글자들이 내 생의 한 페이지에
영원히 지워지지 않을 구절이 되어 다시 새겨진다

이끼꽃

이끼에 꽃이 피었다 이끼에도 꽃이 피다니
물기 마를 날 없는 습지에서
수도승처럼 사시사철 옷 한 벌로 사는 줄 알았지

숨소리도 내지 않고 엎드린 채
물이 지나간 자리, 그늘이 머물던 때를 놓치지 않고
조용히 영토를 넓히더니 쌀알 같은 꽃을 피웠다

점점이 찍어놓은 암호 같은 꽃
가장 낮은 자리에서 핀 어린 백성 같은 꽃
어쩌면 햇빛에 대한 반란일까
쌀알 같은 이끼꽃에서 푸른 숨소리가 들린다

세상 끝에서 커피 한 잔

쾌유를 빌며 병원 중환자실 침대에
몰래 그렸던 십자가는
지워졌을까, 그대로 있을까

빈틈없이 빗방울을 머금고 있는 창문이
머리부터 발끝까지 빈틈없이 아프던
그대 온몸의 마른 호흡을 적셔주고 있다
우리, 이제는 편안해졌을까

어쩌다 밥을 많이 먹은 날은
한 알의 약을 삼키거나 오래 걷기를 하거나
그러나 가슴에 얹혀 버린 세월을 소화 시키는 건
세월밖에 없었다

육십 살 생일쯤엔
더 오래 함께 늙어가자, 혹은
함께 늙어가서 고맙다는 말을 하고 싶었다
살아 있음으로 이별이 되는 기막힌 사랑법
모든 날이 세상 끝날이었다
육십 살 생일에 마시는 이 블랙커피 한 잔

이해인 수녀님의 해인글방

나는 이 글방에서 숨 쉬는
모든 것들의 숨소리를 좋아한다

벽에 걸린 소개엽서, 가지런히 꽂힌 책,
소녀에서 할머니로 늙어오신
수녀님의 삶이 진열된 사진첩
'수녀님, 왔다 갑니다' 로 시작되는
방명록 속의 따뜻한 숨소리

문을 열고 들어서면
수녀님이 안 계셔도 삼백육십오일 가득한 온기
그 속에 앉아서 잠시 눈을 감는다

다녀간 흔적들이 저마다의 사연만큼
가만가만 호흡하는 소리
많은 사람들이 해인 글방에서
절망은 내려놓고 희망을 받아 갔다

해인글방, 그 소중한 방을
햇빛을 잃어버린 민들레처럼
고통받는 이들의 영토로 내어주신

이해인 수녀님

나도 그랬다, 이 글방에서 숨죽여 울다가
수녀님의 까만 수도복을 보며,
옷 한 벌로 살아오신 수녀님의 전 생애를 보며
나는 가진 것이 너무 많았다는 걸 알았다

버리는 것이 얻는 것임을
그 간단한 진리를 모르고 살아온 숨 가쁜 세월이
이제는 고른 숨을 쉴 수 있는 법을 알았다

내 삶 속에 둘 거야

웃는 연습을 할까
표정을 바꿔 볼까
아니야 힘들고 아픈 마음
그대로 둘 거야
참으려고 견디려고 애쓰지 않고
모든 것 지금 이 순간을 지나가는
내 삶 속에 둘 거야

눈물이 눈물을 밀어내고
고통이 고통을 밀어낸 자리에
언제고 당신 오시리라
그래, 그래, 내 어깨 툭툭 두드리실 때
삶 속에 두었던 눈물
고통 중의 고통 모두 보여 드릴 거야

지금은 그냥 그대로
내 삶 속에 둘 거야

아름다운 인사

담벼락에 장미가 환하게 피었다

도무지 웃을 것 같지 않은
아무도 받아들이지 않을 것 같은
누구에게도 문을 열지 않을 것 같은
저 담벼락에 환한 장미가 어우러지니
아름다운 인사가 되었다

세상 속 담벼락으로 살던 나에게
장미 덩굴로 오신 분
나도 비로소 아름다운 인사가 되었다

느린 우체통

오늘 느린 우체통을 만났다 그곳에 편지를 부치면
가는데 일 년이 걸린다고 했다 세상 사람들이 누군가에게
특별한 마음을 전하기 위해서 만들었다지

느린 우체통은 나에게도 있다 누구에게나 삶은
단 한 통의 편지 이 편지는 가는데 일 년이 아니라
평생이 걸릴 것이다

오늘 밤도 내 몫의 편지지에 한 줄의 글을 적어 넣는다

숨소리

숨소리가 숨을 막히게 했던 날들이
뱉어 놓은 숨소리가 둥둥 떠다니는 늪이 되어
일상을 푹푹 빠지게 하던 날들이

숨소리가 숨소리와 엮여서
착하디착한 슬픔의 날들을 향해 던지던
질긴 그물이 되던 날들이

삶 속에는 더 이상 아무것도 건질 것이 없어
수없이 중얼거리던 날들이

각혈처럼 토해내던 숨소리에
산산이 조각나서 흩어지던 날들이
그런 날들이, 그런 날들이

상추

상추를 씻다가 울었다 창문은 까매지는데
당신 자리는 아직도 하얗다
오늘 밤, 이 상추를 함께 먹을 수 없다는 사실이
까만 창문보다 더 막막하다
싱싱한 상추에 묻은 흙은 몇 번을 헹궈 씻으면서
당신 아픔 말끔히 씻어 줄 수 없어서
그냥 울었다

제
3
부

수도원 기행 1
 – 왜관 베네딕도 수도원을 찾아가다

영혼이 없는 듯 펄럭이던 육신을
수도원 안에 들여놓던 날
아무것도 위로될 것이 없다고 되뇌면서도
그분의 위로를 기대하고 있었다

빨간 벽돌의 옛 성당
그 위에 높이 서 있는 십자가를 보며
고통 중에 보는 아름다움은
고통을 배로 키울 뿐임을 확인했다

수사님들이 가꾸는 채소들은
푸르고 싱싱했지만
내게 남은 날들은 모조리 시들어 버렸고
가지마다 풋복숭아가 주렁주렁 열렸지만
내 삶은 언제까지나
텅 빈 가지로 흔들릴 것 같았다

시간경 기도 시간이 되면
빈틈없이 까만 수도복을 입고
성무일도를 바치던 수사님들의
정갈한 목소리를 들으며

까맣게 타버린 가슴을 껴안았다

수도원 구석구석 피어 있는
야생 꽃들과 눈이 마주치면
어김없이 떠오르는 얼굴
내가 부르면 그는
바위틈에 핀 꽃이 되었고
나무가 되었고 구름이 되었고
바람이 되어서 나를 흔들었다

수도원 기행 2
— 진동 가르멜 수도원에서

길이 무서웠다
사방으로 나 있는 길
어디든 갈 수 있는 길이지만
나는 세상의 길들이 무서웠다
세상으로부터 멀어지는 길
길이 없는 길을 찾아서
가르멜 수도원에 숨었다
숨어 있다가, 숨죽이고 있다가
그분이 보여주신 길은
나에게로 가는 길이었다

수도원 기행 3
 − 요셉 수도원에 머물던 순간

땅바닥을 노랗게 물들인
수도원의 은행잎을 보며
내 삶에 주어질 몫의 고독을
가늠해 본다 그 고독을 위하여
내가 준비해야 할 것은 무엇일까

한 치 앞도 보이지 않는 새벽
손전등 하나 들고 넓은 배밭 길을 지나
성당으로 가다가 돌아본 은행나무
모든 것이 캄캄했지만
은행나무는 노랗게 빛나고 있었다

수도원 기행 4

  – 고성 올리베따노 베네딕도 수도원에서의 날들

방문을 열고 나서면
마당이 온통 질경이 천지다
질경이를 밟으며 나갔다가
질경이를 밟으며 돌아왔다

하루는 밀밭에 나가보고
하루는 보리수 열매를 따고
하루는 쑥을 뜯었다
그러다가 문득 돌아보면
키 큰 나무를 지나온 굽은 산길이
나를 보고 있었다

그 길에서 오래 서성거렸다
세상에는 길도 많은데
길이 길을 만드는데
당신에게 가는 길은
어디로 가야 찾을 수 있을까

수사님들 기도하시고
대 침묵 하시는 시간
나는 방에서 소주병을 땄다

몸속으로 들어간 소주는 알고 있었다
나의 슬픔이 어디쯤에서
숨도 쉬지 못하고 웅크리고 있는지
쓰디쓴 소주가 쓰디쓴 마음과 만났다

성전 높은 곳에 매달린 그분은
아무리 애원해도 답이 없었다
아니, 나는 이미 알고 있었다
그분이 쓴 가시관이
그분의 손과 발에 박힌 못이
창에 찔린 그분의 옆구리가 답이라는 걸

던져 버리고 싶은 답, 외면하고 싶은 답
그러나 분명한 건 세상에서 가장 확실한 답이
내 앞에 있었다는 것이다

수도원을 떠나던 날
저만치 던져버렸던 답을 챙겨 왔다

수도원 기행 5

 – 여기는 트라피스트 봉쇄 수도원

멀리 산 위에 수도원이 보였다
사람들은 어디에도 보이지 않았다
수도원 안에 들어서니 고요만 사는 듯
봉쇄라니, 이곳의 수녀님들은
정말 여기다 모든 것을 봉해 놓고 살까

굳게 닫힌 문 앞에서 초인종을 누르니
중세시대 수도복의 수녀님이 문을 열어준다
몇 가지 주의사항을 안고 처소로 가서
무거웠던 나를 내려놓았다

뜰에 나가 서성거리다가
미사 시간이 되면 미사 드리고
어두워서 아무것도 보이지 않을 때까지
창밖을 보면서 시간이 흘러갔다

수녀님들은
저녁 8시, 대 침묵 속으로 들어가고
새벽 3시 30분 첫 기도를 하셨다
꼭 한번은 그 일정을 따라보자고
첫 기도에 갔더니 정신이 몽롱했다

수도원에 봉쇄되어 살고 있지만
수녀님들의 기도 속에는
세상의 온갖 고통이 들어 있었다.
이곳에 전 생애를 못 박고 살면서
세상의 모든 고통을 봉헌하셨다

나는 나에게 봉쇄된 채
나 자신도 봉헌하지 못하고
삶의 가장자리만 서성거리다 그곳을 떠나던 날
「어느 한 트라피스트 수도자의 묵상」을
수도원 뜰에 쪼그리고 앉아서 마저 읽고 왔다

꽃이 되지 못한 몸짓들은

서로 불러주지 못하고
서로 말해 주지 못한 말들은
꽃도 의미도 되지 못한 채
우리 삶 어느 구석에도 기억되지 못하는
그저 잊혀진 몸짓에 지나지 않는 걸까

제때 불러주지 않고
제때 말해 주지 않아서
두고두고 그리움이 된 몸짓들이
너 앉았던 자리마다 피어서
비로소 잊혀지지 않을 꽃이 되고
의미가 되고 몸짓이 되었다

너에게로 가서
꽃이 되고 싶지는 않았다
네가 굽이굽이 걸어가는
아름다운 길이 되고 싶었다
걷다가 길을 잃었을 때
단 하나의 방향이 되고 싶었다

* 김춘수의 「꽃」을 읽다가

봄밤에는

품고 온 어린잎을 내려놓으며
어깨를 툭툭 두드리던 나무
자꾸만 등이 가렵다

고요한 뜨락에 가만가만
여린 숨소리 쌓이고
어디선가 촛불 켜는 소리 들려 온다

등 긁어 주다 하품하는
어린잎의 졸린 눈
떴다 감았다 떴다 감았다
흔들흔들 깊어만 가는 봄밤

행복

혼자 남은 식탁에서
커피를 마신다
분주했던 아침을 끝내는
마지막 의식 같은 커피 한 잔

커피잔 내려놓는 소리에
일렁이던 고요함은
나만의 진수성찬
늦은 아침 커피 한 잔으로
만나는 이 소소한 시간

일기 쓰는 밤, 당신께

오늘도 당신 뜻대로 살지 못했습니다
나를 괴로워하며, 내 속의 나와 싸우며
그렇게 하루를 보냈을 뿐입니다

밀알로 썩고자 했던 마음은
물 묻은 푸성귀처럼 시퍼렇게 살아나고
나누고자 했던 마음은 안으로만 고여서
숨 막히는 시간이 되고 말았습니다
인디언 아라파호족들은 11월을
'모두 사라진 것은 아닌 달'이라 불렀다지요
내 하루를 '모두 사라진 것은 아닌 날'이라 부르며
한 치의 희망이나 사랑 같은 것을 남겨두고 싶지만
바늘구멍 같은 내 마음만 보입니다
언제나 보름달일 수 없는 달처럼, 나의 변덕이 힘겨운 날
입니다
누군가는 버스에, 누군가는 지하철에, 누군가는 자가용에
또 누군가는 걸어서 집으로 돌아가는 밤
나는 그저 당신이 그립기만 합니다

내일 아침기도 시간이면
또다시 당신 앞에 무릎을 꿇겠지요

날마다 거듭되는 나의 어리석음을
당신께서는 부디 노여워하지 마십시오

커피 마시는 시간

고요하다, 적막하다 싶으면 자주 커피를 끓였다
커피포트 속 물의 온도가 올라가는 짧은 시간
내 삶의 온도는 몇 도가 절정이었을까
100도에 닿았던 순간은 있었을까를 생각한다

물 끓는 소리가 고요와 적막과 잘 섞일 때쯤
따뜻한 커피 한 잔이 준비되고
산 쪽으로 난 창문 앞에 서서 커피를 마신다

늘 같은 풍경을 보고 사는 창문, 심심하지 않을까
그래도 방향을 바꾸고 싶지는 않을 거야
거기 산이 있으니까 이 적막함이 이 고요가
나를 밀어낼 수 없는 건 거기 당신 있으니까

어제 본 풍경, 오늘 본 풍경, 내일 볼 풍경은 늘 같지만
그것으로 만족하며 그것으로 자신을 채우는 창문에게
커피잔을 들고 건배, 때로는 빗물이 흘러내리고
때로는 바람에 온몸을 떨었을 창문에 얼굴을 맞대고
바깥을 내다본다

단 한 순간의 그리움이

몇 날 며칠 간절했던 어느 마음보다 더 큰 무게로 다가오
는

창문 앞의 티타임, 식어버린 커피도 달콤했다

그 산길

바람고개에 가면
손이 또 다른 손에게
말을 걸던 산길이 있다

홍하의 골짜기를 들으며
보고 싶다, 너무 보고 싶다
무릎을 꿇으며 절규하던
셰릴*의 산길처럼

모든 기억을
무릎 꿇게 하던 그 산길

눈이 된 손
귀가 된 손
발이 된 손
손이 된 손을
다시
말없이 잡는 그 산길

*「와일드」를 쓴 미국의 작가

절벽

절벽을 절벽이게 하는 건 절벽이다
아무것도 머물 수 없게 만드는
가파른 수직의 날선 거부

살다 보니 그런 절벽에
길을 내는 사람도 있었다
이 절벽에서 저 절벽으로 다리를 놓고
절벽 끝에 아름다운 집을 짓고
사는 사람도 있었다

뒹굴기

한때는 고통에 겨워서
방바닥을 뒹굴었다
아무도 없는 빈방을 뒹굴다 보면
방바닥은 허공이 되고
바닥없는 낭떠러지가 된다
그때 그날 뒹굴던 자리마다
울퉁불퉁 튀어나온 시간의 혹들
그 혹들이 오늘 밤
잠자리마다 박혀서
그날의 고통을 깨운다
뒹굴다가, 뒹굴다가
불어난 그리움
눈사람이 되어
하얗게 밤을 지키고 섰다

구원은 진행 중

아침기도를 하다가, 운전을 하다가, 흔들리는 나뭇잎을
보다가
잠들기 전 이불을 끌어당기다가 느닷없이 터지던 울음
마음 깊이 세상의 빗장을 걸어버렸다

사랑한다고, 사랑한다고 순백의 고백을 할 수는 없지만
어린 날 설레임으로 눈을 반짝이던 숨은그림찾기, 보물찾
기처럼
당신 구원은 나의 삶에도 그의 죽음 속에도
분명 들어 있으리라는 믿음으로
구원은 지금도 진행 중임을 믿는 내가 바로 당신 구원이
었다

손톱만큼의 자비도, 눈곱만큼의 사랑도 보이지 않았지만
낙타의 눈처럼 평생 내 눈이 젖어 있을지라도
절망이 희망이 되고 희망이 진정한 자유가 되고
그 자유가 당신께 돌아가는 길이 될 것임을
믿는 내가 당신 구원이었다

뒷걸음

어린 시절 등굣길이 생각난다
마주 오는 겨울바람을 견딜 수 없어
돌아서서 해를 보며 겨울바람을 등지고 걸었지
가슴 가득 햇빛을 안고 걷던 뒷걸음
그때도 등 시린 건 견딜 수 있어도
가슴 시린 건 참을 수 없었나 보다

아름다운 고통

머무는 것도, 아무는 것도 두려워
시간이 흐르면 생각이 나지 않을까 봐
마음이 무디어질까 봐

외로움 구석구석 당신이란 존재가 살아서
함께 하기를 빌어 외로움에 부딪혀오는
햇살 한 줄기, 빗방울 하나에도
세상을 가득 채운 저 바람 속에도
당신 존재가 살아있기를 빌어

몸의 세포 하나하나를 건드리고
마음을 쿡쿡 찌르기도 하면서
가끔 외로움에 무너지게 하고
때로는 나를 비틀고 내 가슴을 치면서
당신 존재가 한평생 나를 살게 했으면 좋겠어

거기 있었다

오랜만에 성당에 갔다 함께 앉았던 자리, 함께 걸었던 길
이
고통이고 아픔이라 여겼지 그런데 성전 높이 매달리신 그
분이
개떡같은 당신이라 불렀던 분이 그 자리가 어찌 고통이며
아픔이냐고
그 자리마다 당신 존재를 느낄 수 있음이 기쁘지 않냐고
말씀하셨다
그랬다 함께 앉았던 자리 함께 걸었던 길은 소중한 기억
의 통로였다
그분은 십자가 고통의 절정 속에서도 어찌 그리 옳은 말
씀만 하시는지
나 거기 있었고 당신 거기 있었다 고통이라 생각한 자리
마다
당신과 나의 시간들이 숨어 있었던 거야
비로소 평화가 내 가슴에 스며들었다 이제는 살 수 있을
것 같아

제
4
부

너의 비상을 꿈꾸다

– 고3 딸을 생각하며

자정이 지난 시간
딸 아이가 문 앞에서 비밀번호를 누른다
뚜.뚜.뚜.뚜.
굳게 닫혔던 문이 열리는 순간
웅크렸던 가슴 한쪽이 비로소 편안해진다

아이가 벗어 던진 양말을
꽃잎처럼 곱게 주워들었다
오늘도 종종거렸을 아이의 하루가
양말 속에서 꿈틀거린다

내 딸의 미래를 열어 줄 비밀번호는
무엇일까, 무엇일까 되뇌다
깜빡 잠이 들었다

아직은 모두가 잠든 시간
가방 속에 아이의 꿈을 챙겨 넣고
새벽 미사 가는 길
조금씩 조금씩 밝아오는 동녘 하늘이
반갑다

배론 가는 길

  – 최양업 신부님을 그리며

문경새재 넘어가며
당신 발자국 찾아봅니다
아무것도 보이지 않습니다
세월의 두께 때문이 아니라
내 안에 쌓인 욕망의 두께
위선의 두께가 두껍기 때문입니다

이 길을 당신께서 걸었다기에
보이지 않는 발자국 위에
내 발 살며시 얹어 봅니다

천근만근 무게로 짓누르던 바위굴 속에서
숨죽이며 드렸다던 미사
별들이 박수치고 달빛이 환호하던 그 미사
하느님 보시기에 얼마나 흐뭇했을까요

바위굴 속에 앉아 봅니다
한없이 자세를 낮추어야 앉을 수 있지만
하늘까지 닿았을 믿음

먼 옛날 당신은 비탈진 길

황톳길, 돌팍길 마다 않고 가셨다지요.
문경새재 굽잇길을
하늘나라 가는 지름길로 알았겠지요

당신이 쓰러진 자리에서
당신 숨결 한 번만 느낄 수 있다면
마지막 한 마디 '예수 마리아' 들을 수 있다면

내 몸은 당신께서 잠든 배론에 당도했지만
내 믿음의 걸음은
아직 반의 반도 오지 못했습니다

* 2008. 8. 4. 배론 성지에서

레지나, 첫 복사 서던 날

복사 옷 입은 우리 레지나, 예쁘구나
엄마 눈에 이다지 예쁜데
하느님 보시기에는 얼마나 예쁘랴

고운 손으로 감싸 나오던 불씨가
제대 위 촛대에 옮겨질 때

하느님 근심하시던 세상 어둠들이
환하게 밝혀지는 듯 눈부셨지

엄마는 숨도 쉬지 않고 바라보는데
제대 위에 촛불이 자꾸만 일렁이더라
고요한 새벽 미사에 내린
하느님 숨결이요, 축복이었다

이다음, 엄마 아빠 하늘나라 갈 때
가져가고 싶은 기억 하나가
또 늘었구나

＊2007. 2. 12. 새벽 미사에서 엄마가

한 치 앞의 생

한 치 앞의 생은
필요치 않습니다
알고 싶지도 않습니다
지금 이 순간
당신께서 함께 하시니
그것으로 충분합니다

내 생의 한 치 앞은
오직 당신만이 아시니
사랑이 없어도 사랑하고
희망이 없어도
희망하라 하신 말씀으로
하루를 살아내는 것이면
충분합니다

내게 한 치 앞의 생은
필요치 않습니다
지금 이 순간 나와 함께이신
당신이면 충분합니다

미안합니다

미안합니다, 두 번 세 번 부르실 때
먼 곳만 바라보며 서성거렸죠
그때는 당신이 저 먼 곳에서 오시는 줄 알았습니다

미안합니다, 절망에 빠져 울부짖을 때
내 손 잡으려 애쓴 당신을 보지 못하고
허공만 붙잡고 있었죠
그때는 당신이 저 위에서 내려다보시는 줄만 알았지
내 괴로움에 눈높이를 맞추시고
마주 손 내미실 줄 몰랐습니다

미안합니다, 당신과 동행함이
이다지 큰 기쁨인 줄 진작 알지 못해서
참으로 미안합니다
그때는 당신이 구속이며 짐인 줄만 알았습니다

기다리기 전에 벌써 와 계시고
부르기 전에 이미 옆에 계신 당신
당신과 함께 가는 삶이 참 고맙습니다

나의 소원은

한때는 당신을 벽이라 여겼지요
대답 없는 물음이며
그저 한 번씩 흔들고 지나가는
바람이라 여겼습니다

당신이 주신 모든 날들을
진즉에 품고 살았더라면
어둠 속에서 무섭지 않았을 것을
바람 속에서 떨지 않았을 것을
혼자 숨죽여 울지 않았을 것을

당신을 향해 돌아서던 순간
돌덩이 같은 기억, 생채기 난 기억
들키기 싫어 꽁꽁 숨겼던 기억들이
그 몹쓸 기억들이 한정 없이 쏟아져서
먼지처럼 허공 속에 흩어졌지요

빗물 속에도 찬란한 빛이었고
바람 속에도 흔들리지 않는 기둥
오늘도 당신께 한 걸음 더 다가서는
그런 하루이기를 소원합니다

당신 이름을 부르기 전에

당신 이름을 부르기 전에
세상을 만드는 빗방울 하나에 먼저 빌었다

당신 이름에 늘 먼지 같은 나
세상을 움직이는 풀잎 하나에 빌고 또 빌었다

당신 이름을 내 안에 들여놓기 위하여
깊은 밤 달빛에는 더 많이 부끄러워 했고
티끌 같은 마음 햇살에 태우고 또 태웠다

당신 이름을 마음껏 부르기 위하여
빗방울 하나에도 풀잎 하나에도
온 마음이 일렁였다

그 돌을 묵상하다

날마다 오르는 산길에 하트모양의 돌이 박혀 있었다
돌이 저런 표정을 짓다니 얼마나 놀라운가
걸리면 넘어지고, 넘어지면 상처 주는 게 돌이거늘

그제도 이 길을 지났고 어제도 이 길을 지났건만
이제야 눈이 마주친 그 돌처럼 늘 나와 함께 계신 분
지금 이 순간이 기적이란다 속삭이던 사랑은
바람 속에도 있었고, 빗물 속에도 있었고
길에 박힌 돌 속에도 있었다

남보다 흠이 많아서, 부족함이 많아서
한순간도 내게서 눈을 떼지 못하셨겠지
오고 가는 발걸음 다 보고 계셨겠지

큰 기다림

머리카락도 세어 두셨다기에
빗을 때마다 빠지는 머리카락 잡고 거울을 봅니다
세상이 달아준 장식들이 너무도 무겁습니다
돈도, 명예도, 욕망도, 이슬 같은 장식에 지나지 않는 걸

내 몸, 내 영혼에 달려있는
장식들을 뗄수록 당신 오실 길 환해짐을
내 영혼 단장시킬 가장 빛나는 장식은
바로 당신임을 어찌 모르고 살았는지

당신을 기다리는 일이 生에 가장 큰 기쁨
바람 부는 세상에서 때로는 흔들리지만
결코 꺼지지 않는 등불 하나 들고
당신 오시는 12월로 갑니다

엠마오의 길

성당 마당에서 커피를 마십니다
바람이 내 옆자리에 앉으니
해가 지기 시작합니다

노을과 함께 바람과 함께
당신 걸어가셨다던
엠마오의 길을 생각합니다

그 길에도 지금처럼
꼭 이런 바람이 불었겠지요
노을도 지고 있었겠지요

함께 걸었던 두 제자가
당신을 알아보지 못하니
마음이 어찌 이리 굼뜨냐
속에 천불 나서 버럭 하신 당신

옆자리를 만져 봅니다
삶의 모든 자리에 계시는 당신
나 때문에 얼마나 많은 순간
속에 천불이 났을까요

교황 성하, 하늘로 가시다

이제 하늘에는
별이 하나 더 늘었습니다

이 세상에서
다 밝히지 못한 어둠
세상 눈으로
다 보지 못한 구석진 곳
일일이 살피실
큰 눈빛 하나

이제는 밤하늘을
보는 것이
슬프지도 쓸쓸하지도
않을 것 같습니다

나와 눈을 마주치며
내 안을 밝혀줄
큰 눈빛 있으니

나는 행복합니다
당신도 행복하신지요

그렇게 되물을 날 있으리니

당신이 떠난 순간부터
나는 당신이 그리워졌습니다

* 요한 바오로 2세 교황님을 떠나보내며

우리 신부님 손바닥에 사는

우리 신부님 손바닥에 사는 평화는
돌 틈 사이사이 꽃도 피우고
금붕어 지느러미 속에 숨은
자유도 보이게 하고

우리 신부님 손바닥에 사는 사랑은
아이들 웃음소리 닿는 자리마다
꽃잎이 흔들리게 하고
햇살도 흔들리게 하고

우리 신부님 손바닥에 사는 믿음은
모두가 돌아가고
어둠만 깊어지는 성모 동산을
환하게 밝혀줍니다

우리 신부님 두 손바닥을 모으면
그분 영혼에 환한 불빛이 켜지고

그 불빛이
우리 영혼을 밝혀줍니다

다시, 성탄을 기다리다

당신께서 오시는 길에는
아름다운 꽃도 없고 아름드리나무도 없습니다

황톳길을 지나고 자갈길을 지나서
이슬 맺힌 풀잎에 하얀 옷자락을 적시며
그렇게 오십니다

별들이 모조리 지상으로 내려온 듯
세상이 아무리 반짝여도
결코 반짝일 수 없는 것들과 인사하며

사람들이 축배의 잔을 준비하는 동안
서로 어깨를 기대는 것으로 행복한
어린 풀잎들과 인사하며
당신은 그렇게 오십니다

내가 당신을 사랑하는 일은
풀잎에 맺힌 이슬을 먼저 사랑하는 일
반짝일 수 없는 것들에게 눈 맞추는 일

당신께서 오시는 길로 마중 나가는 이는
참으로 행복합니다

어머니, 당신은

어머니, 당신은
어두운 골목에 서 있는 가로등입니다
세상의 그늘을 고루 밝혀주시는
당신 눈빛 속으로
가난한 이웃들이 걸어갑니다

어머니, 당신은
따뜻한 숨결입니다
한겨울 묵묵히 견딘 나뭇가지에
곱게 피는 연두빛 잎사귀, 보석 같은 꽃잎에
당신 입김이 닿았나 봅니다

어머니, 당신은
우산이고 양산입니다
비가 오거나 햇빛 따갑거나
넓은 손바닥으로 지켜주시던 분

어머니

당신 이름을 부르는 순간 사람들은
꽃이 됩니다, 별이 됩니다, 눈물이 됩니다

*성모성월에

완전한 사랑을 꿈꾸오니

내 입술은 당신을 부를 때
가장 빛나게 하십시오
당신 이름을 부를 때
내 입술이 진실로 떨게 하십시오

내 눈은 당신을 바라볼 때
당신 앞에서
세상 모든 것들이
참으로 보이지 않을 때
충분히 아름답게 하십시오

나의 긴 머리카락이
당신을 향해서만 휘날릴 때
나의 뒷모습 누구보다
매력적이길 원합니다

내 가슴은
당신을 아프게 한순간마다
더 아프게 하시고
당신을 기쁘게 할 때마다
더 기쁘게 하십시오

내가 아는 당신은
시작도 끝도 없는
그대로의 사랑입니다

전부

내가 원하는
모든 것을 주실 때
당신만이
나의 전부라고
열정적으로 고백합니다

당신은 당신에게
아무것도 주지 않아도
너는 나의 전부라고
속삭이십니다

나의 전부와
당신의 전부는
어찌 그리도 다를까요

꽃잎 떨구기

내 기도의 응답은
스스로 떨구어야 할
꽃잎 속에 있었습니다
세상 바람에
흔들리며 피운 꽃잎
스스로 다 떨구는 날
비로소 꽃처럼
웃을 수 있겠지요

어느 날 당신이 부르시면

서두르지도 더디지도 않게
그런 걸음으로 당신께 갈 수 있기를

내 손에 있는 것 내 마음에 있는 것
그 자리 그대로 내려놓고
그렇게 갈 수 있기를

한때는 당신이 눈부신 태양이며
파란 하늘이라고 생각했습니다

하지만 당신은
밤하늘에 가장 작은 별이었고
금방 쏟아질 것 같은 비구름
어두운 하늘에서 얼마나 많은 순간
눈을 깜박거려 주셨는지

어느 날, 당신이 부르시면
서두르지도 더디지도 않는
그런 걸음 가질 수 있기를
나, 간절히 원합니다

존재의 행복에 이르는
진실한 삶을 위한 기도

정 훈(문학평론가)

존재의 행복에 이르는 진실한 삶을 위한 기도
– 최옥의 시 세계

정 훈(문학평론가)

'사랑'이라는 이름에는 여러 뜻이 들어 있다. 누구나 짐작할 수 있듯이 이 낱말은 우리에게 평온함과 달콤한 휴식을 준다. 상대와 나 사이에 이루어지는 관계가 물 흐르듯이 섞여들면서 서로에게 기대어 아무런 조건이나 요구 없이도 만족을 주는 말이다. 그래서 사람들은 사랑에 목을 매기도 하고, 사랑을 얻기 위해 삶의 태도와 마음을 곧추세우기도 한다. 이러한 사랑이 충만한 상태를 위해 노력하는 존재가 바로 인간이다. 하지만 그 일이 말처럼 쉽게 이루어지기 힘든 것도 사실이다. 사랑의 감정은 지속되는 듯하면서도 쉽사리 떨어져 나가는 감정이기 때문이다. 사랑은 행복함을 안기지만 그 감정이 떨어져 나갔을 때는 온갖 부정적인 흔적을 남긴다. 증오, 분노, 후회, 한탄, 설움 등이 그렇다. 그렇기에 사랑의 감정을 유지하고 가꾸는 마음을 오랫동안 지속하는 게 말처럼 쉽지가 않은 것이다.

삶의 희로애락을 겪으면서 때로는 떠나간 사람을 그리워하기도 하고, 때로는 주어진 현실에 자족하면서 더욱 나은 삶을 계획하기도 한다. 누구나 자기 삶의 바탕이 되어주는 존재를 떠올리면 그 존재로 하여금 뿜어져 나오는 기운과 에너지에 정신을 의탁하는 경우가 많다. 대개는 물질적이거나 눈에 보이는 사물에 기대는 수가 흔하다. 돈이나 권력이 그것이다. 사람들이 쉽사리 현혹하곤 하는 물질적이고 경제적인 풍족은 그런대로 삶의 윤택함을 가져다주지만, 그것이 결국 허무함으로 귀속된다는 사실은 세월이 지나면서 차차 깨닫게 되는 진실이다. 세계 속 먼지와도 같은 인간이기에 늘 불안과 긴장을 껴안고 살 수밖에 없다. 물질은 영속적이지 않으면서 결국 인간에게 근본적인 성찰을 제공할 수 없다. 시인은 인간이 갖춰야 할 정신적인 영역 못지않게 이 세계에서 인간으로서 바라보고 견지해야 할 눈에 보이지 않는 조건을 늘 궁구하는 사람이다. 최옥 시인의 시도 그런 고심의 결과이다. 그의 시는 일상에서 벌어진 틈의 자리가 어디에서 연유하는지, 그 공간에서 생겨나는 감정의 결을 훑으면서 끝내 삶의 존재 이유를 믿음에서 찾으려는 사유의 풍경을 보여준다. 빈자리가 불러일으키는 허무와 고독의 공간을 믿음 하나로 채워나가려는 종교적인 신념이 주를 이룬다. 하지만 그런 종교심의 발로나 표현 이전에 시인의 마음 자락을 도드라지게 보여주는 작품을 간과할 수는 없다.

무궁화를 타고 대전을 지나가던 중이었다
지금은 세상에 없지만 세상에 남아 있는
김광석, 그 남자의 노래가 나를 흔들었다

그대 보내고 가을새와 작별했다는 노래 속에서

내가 그대를 보내고 세상에서 작별한 것들을 생각했나

웃음과 작별한 나, 바다와 작별한 나,

나를 아는 모든 사람들과 작별한 나

쓰라린 시간들이 나를 향해 숨죽이던 밤

어둠 속에서 침묵과 마주 앉아

그대 영혼의 냄새를 애타게 찾았다

그대 보내고, 그대 보내고 되뇌다 보니

사실 그대를 보낸 것이 아니라

나를 송두리째 그대에게 보낸 것이더라

너무 아픈 사랑은 사랑이 아니었다니

그럼 그것은 무엇이었을까 그리도 아파서

무너지던 마음들은 사랑이 아니고 무엇이었을까

차창 밖의 풍경들은 한순간도 멈추지 않고 지나가지만

나는 변함없이 같은 자리에 앉아 있고

그대 또한 변함없이 기억되는 지금

무궁화 홀로 쉬지 않고 달려갔다

— 「무궁화 속에서 잠깐」

열차를 타고 가면서 들리는 대중가요를 들으며 화자 곁을 떠난 사람을 그리워하는 시다. 살면서 가족뿐만 아니라 알고 지내는 사람을 더 이상 볼 수 없게 되는 경우를 종종 겪는다. 특히 사랑하는 사람이었다면 그 회한과 아픔이 이루 말할 정도로 배가되는 게 인지상정이다. 어디서 왔고, 또 어디로 가기에 인생의 길은 이렇게도 야속하기만 할까.

그리움이 추억과 함께 소환되면서 가고 없는 자리를 어루만지게 된다. 시인은 불쑥불쑥 찾아오는 그의 빈자리를 보면서 현실에서 덩그러니 남은 자신의 자리를 응시한다. "그대를 보낸 것이 아니라/ 나를 송두리째 그대에게 보낸 것이더라"는 생각에서 짙은 회한과 함께, 진정으로 사랑했던 마음 그대로 훼손하지 않고 떠나버린 그가 가져갔으면 하는 소망과 바람을 읽을 수 있다. 회자정리會者定離의 이치는 어김없이 시인에게도 찾아왔다. 떠난 이를 기억하는 사람의 마음에는 떠난 이와 함께 했던 수많은 경험과 추억, 그리고 시간의 공유가 어른거린다. 이러한 이별의 정과 그리움이 이번 시집의 정서와 감정을 떠받치는 토대라고 할 때, 최옥은 만남과 이별의 인간사가 던지는 삶의 메시지에 천착하면서 마음의 평온과 행복이 어떤 상태에서 발원하는지 믿음에 따른 종교 신자의 태도와 정신을 행하는 데까지 시적 내면을 확장한다고 볼 수 있다.

등대는 등대인 것이 행복할까
검은 밤바다, 검은 파도 앞에서
몸서리치던 밤은 없었을까
파도가 온몸을 부딪치며 가슴을 흔들 때마다
자신이 뿌리박은 자리를 뿌리째 뽑아서
떠나고 싶지는 않았을까

평생 한 곳을 바라보며 사는 일이
때로는 눈병 날만큼 지루한 일

가슴 다독이며 살던 바다도

한 번씩 폭풍우에 몸부림치는 것처럼

등대도 꼭 보여주고 싶은 마음이 있었겠지

아침 바다에 가면

숨소리도 없는 등대의 잠

그것은 등대가 밤을 새워 완성한

한 줄의 시였다

– 「등대의 시」

    '등대'는 일종의 객관적 상관물로 보아도 무방할 것이다. 실제 등대를 보면서 느낀 화자의 소회일 수도 있지만, 등대를 통해 존재의 허망함에 이은 승화의 풍경을 엿볼 수 있다. "등대는 등대인 것이 행복할까/ 검은 밤바다, 검은 파도 앞에서/ 몸서리치던 밤은 없었을까"라 묻는 화자의 심정은 현실 속 고독의 몸서리를 겪어 본 사람의 의중과 마음이 등대를 통해 발현된 형상화이다. 망망대해를 안내하는 표지인 등대는 불빛으로 배의 항로를 인도하는 기능을 한다. 하지만 그런 실용적인 기능만으로 우리가 흔히 생각하는 '등대'의 상징적인 의미를 지우지는 못한다. 등대는 비유로써 문학작품에 오래전부터 애용되는 존재이자 기호이다. 주로 삶의 방향이나 이정표의 의미를 드러낼 때 쓰이는 소재이기도 하다. 시인은 "아침 바다에 가면/ 숨소리도 없는 등대의 잠/ 그것은 등대가 밤을 새워 완성한/ 한 줄의 시였다"라고 진술함으로써 등대의 형상이 시인에게

다가서는 참된 의미가 무엇이었는지 짐작하게끔 한다. 여기에는 시련과 고난을 이기고 난 뒤 영원한 잠처럼 돌올하게 서 있는 등대를 한 편의 시로 묘사함으로써 어떤 숭고함마저 자아낸다. 시인의 깊숙한 곳에 잠들어 있는 복잡한 심사心思를 외롭게 우뚝 선 등대로써 전이함으로써 시적 형상화를 꾀한다고 볼 수 있다.

오늘도 당신 뜻대로 살지 못했습니다
나를 괴로워하며, 내 속의 나와 싸우며
그렇게 하루를 보냈을 뿐입니다

밀알로 썩고자 했던 마음은
물 묻은 푸성귀처럼 시퍼렇게 살아나고
나누고자 했던 마음은 안으로만 고여서
숨 막히는 시간이 되고 말았습니다
인디언 아라파호족들은 11월을
'모두 사라진 것은 아닌 달' 이라 불렀다지요
내 하루를 '모두 사라진 것은 아닌 날' 이라 부르며
한 치의 희망이나 사랑 같은 것을 남겨두고 싶지만
바늘구멍 같은 내 마음만 보입니다
언제나 보름달일 수 없는 달처럼, 나의 변덕이 힘겨운
날입니다
누군가는 버스에, 누군가는 지하철에, 누군가는 자가용에
또 누군가는 걸어서 집으로 놀아가는 밤

나는 그저 당신이 그립기만 합니다

내일 아침기도 시간이면
또다시 당신 앞에 무릎을 꿇겠지요
날마다 거듭되는 나의 어리석음을
당신께서는 부디 노여워하지 마십시오

- 「일기 쓰는 밤, 당신께」

　한 인간으로서 시인이 한 인간으로서 종교인과 교차하는 지점에 걸터앉은 고백록과도 같은 시다. "오늘도 당신 뜻대로 살지 못했습니다/ 나를 괴로워하며, 내 속의 나와 싸우며/ 그렇게 하루를 보냈을 뿐입니다"는 진술로 운을 떼는 위 시의 나머지 부분은 사실 첫 연을 부연하는 내용이라고 보아도 무방할 것이다. 시 범주의 하나로써 '종교시'가 오래전부터 지금까지 수많은 시인들의 소재가 되어왔다는 사실을 생각하면, 위 시 또한 종교시의 한 갈래로 포함하여 생각해 볼 수 있다. 종교시에서 핵심이 되는 것이 믿음이다. 시인은 자신의 종교적 신념에 따라 신실하게 생활하는 사람이다. 늘 절대자의 가르침과 말씀을 생활 속에 실천하려는 사람의 마음 한복판에는 절대자의 형상과 이미지가 가득 차기 마련이다. 그러나 한 치도 어긋남이 없이 성경이 가르치는 대로 실천하기란 불가능에 가깝다. 성자의 가르침이란 하늘이 부여한 진리와 말씀을 그대로 보여주는 것이기에, 한낱 유한한 인간일 뿐인 우리로서는 감히 흉내내기조차 힘든 일임에 틀림이 없다. "날마다 거듭되는 나

의 어리석음을/ 당신께서는 부디 노여워하지 마십시오"라
간청하는 마음속에는, 절대자의 가르침대로 살고자 노력
하나 매번 육신과 마음의 편함에 기울고야 마는 인간 본성
을 스스로 확인하고 이에 용서를 구하는 마음이 들어 있을
것이다. 그러면서 또다시 '당신'의 말씀을 기억하여 거스르
지 않게 살아가려는 생활 태도를 견지하려는 마음을 확인
하게 된다.

　　아침기도를 하다가, 운전을 하다가, 흔들리는 나뭇잎을
　보다가
　　잠들기 전 이불을 끌어당기다가 느닷없이 터지던 울음
　　마음 깊이 세상의 빗장을 걸어버렸다

　　사랑한다고, 사랑한다고 순백의 고백을 할 수는 없지만
　　어린 날 설레임으로 눈을 반짝이던 숨은그림찾기, 보물
　찾기처럼
　　당신 구원은 나의 삶에도 그의 죽음 속에도
　　분명 들어 있으리라는 믿음으로
　　구원은 지금도 진행 중임을 믿는 내가 바로 당신 구원이
　었다

　　손톱만큼의 자비도, 눈곱만큼의 사랑도 보이시 않았시
　만
　　낙타의 눈처럼 평생 내 눈이 젖어 있을지라도
　　절망이 희망이 되고 희망이 진정한 자유가 되고

그 자유가 당신께 돌아가는 길이 될 것임을

　　믿는 내가 당신 구원이었다

– 「구원은 진행 중」

　　수많은 종교시가 지향하는 것은 시인 자신의 믿음을 토
대로 하는 '구원'의 삶이다. 이른바 '구도求道로써 하늘이 자
신에게 준 진리의 씨앗을 발견하고, 틔우며, 마침내 무엇
에게도 거리낌이 없고 자유자재한 삶을 살기 위한 방책이
나 수단을 시로 형상화하기 위해 지금까지 숱한 종교시는
씌어졌다. 하느님과 예수의 가르침대로 사는 일이 얼마나
힘든지는 상상하기조차 힘들지만, 인간이 자신의 육신이
옭아매는 실존적인 한계에서 벗어나 절대자의 나라에 합류
하기 위한 마음의 방향을 잡을 때 믿음의 첫발을 내딛게 된
다. '나는 믿는다(Credo)'로 시작하는 사도신경의 구절은
예수가 태어나서 부활하기까지의 모든 과정을 의심 없이
받아들인다는 신념의 표현으로써, 이러한 믿음을 바탕으
로 한 가톨릭의 신앙체계는 이를 믿어 예수가 행한 말씀과
실천을 좇겠다는 의지로 표현된다. 신실한 믿음의 결과인
구원은 이로써 가능해진다. 시인은 "절망이 희망이 되고
희망이 진정한 자유가 되고/ 그 자유가 당신께 돌아가는
길이 될 것임을/ 믿는 내가 당신 구원이었다"고 진술한다.
'구원'이 단순하게 사후 천국행으로 가는 티켓을 끊었다는
의미가 아니라, 믿음의 영역에 깊숙이 들어가 절대자의 의
지와 뜻에 자신의 욕망을 접은 상태에서 온전히 의탁하게
된 상태에서 비롯된다는 사실을 상기하면 언제라도 우리

모두는 구원의 가능성을 간직하고 있다고 보아야 할 것이다. 이와 함께 구원의 대상이 되는 문제를 교리적으로만 따지고 들면 부딪치게 되는 난관을 생각하지 않을 수가 없지만, 신학과 믿음의 문제를 달리 생각하면 위 시처럼 시적 형상화를 통한 구원의 방법을 사유함으로써 종교와 일상의 관계를 숙고할 수 있는 계기가 될 수도 있을 것이다.

한 치 앞의 생은
필요치 않습니다
알고 싶지도 않습니다
지금 이 순간
당신께서 함께 하시니
그것으로 충분합니다

내 생의 한 치 앞은
오직 당신만이 아시니
사랑이 없어도 사랑하고
희망이 없어도
희망하라 하신 말씀으로
하루를 살아내는 것이면
충분합니다

내게 한 치 앞의 생은
필요치 않습니다
지금 이 순간 나와 함께이신

당신이면 충분합니다

-「한 치 앞의 생」

　오직 믿음 하나로 삶을 지나는 시인의 진면목은 위 시에
서도 알 수 있다. "사랑이 없어도 사랑하고/ 희망이 없어도
/ 희망하라 하신 말씀으로/ 하루를 살아내는 것이면/ 충분
합니다"란 진술에서 절대자의 말씀을 믿고 실천으로 옮기
면서 제 삶에 사랑과 희망이 가득하다는 믿음 하나면 충분
하다. 시인도 종교인이기 이전에 사람이기에, 보통의 사람
이 꿈꾸는 세계를 욕망하지 않는 것은 아니다. 하지만 믿
음에 귀의하고, 또한 귀의하려는 '종교적 인간'으로서 시인
이 바라는 것은 오직 절대자가 인간에게 요구한 말씀의 내
용일 뿐이다. 종교가 실존적인 인간을 보편적인 인간으로
변모하게끔 추동하는 기능을 한편으로 떠맡는다고 할 때,
시인이 희구하는 것은 예수의 전 생애가 보여준 케노시스
Kenosis, 즉 겸허 혹은 자기 비움이다. "한 치 앞의 생은/ 필
요치 않습니다"는 단호한 진술이 이를 말해 준다. '자기 비
움'은 마음에 가득한 욕망과 번뇌를 말끔히 제거하거나 비
운다는 의미보다는, 예수의 말씀과 뜻을 알아차리고 그 분
이 말씀하신 대로 살아가는 과정에서 자연스럽게 생기는
덕德이다. 이러한 덕성은 비단 기독 신학의 어려운 교리를
빌지 않고서도 능히 알아차릴 수 있는 덕목이기도 하다. 그
러나 말이 쉽지 그리 살기는 여간 어려운 일이 아니다. 그
래서 믿음에 뒤따른 기도가 필요한 것이다. 그런데 문학에
서 종교와 믿음의 소재는 대체로 종교적인 고백이나 신념

의 제시가 아니라 형상화를 통한 작가의 내면을 드러내는
데 초점이 주어진다. 시인의 종교심이 바라보고 닿는 소실
점에는 시인과 늘 함께하는 '당신'이 주어져 있으며, 이러
한 당신으로 하여금 시인의 삶을 떠받치고 지탱하는 거대
한 존재 이유로 놓여 있다는 사실을 알 수 있다.

> 내 입술은 당신을 부를 때
> 가장 빛나게 하십시오
> 당신 이름을 부를 때
> 내 입술이 진실로 떨게 하십시오
>
> 내 눈은 당신을 바라볼 때
> 당신 앞에서
> 세상 모든 것들이
> 참으로 보이지 않을 때
> 충분히 아름답게 하십시오
>
> 나의 긴 머리카락이
> 당신을 향해서만 휘날릴 때
> 나의 뒷모습 누구보다
> 매력적이길 원합니다
>
> 내 가슴은
> 당신을 아프게 한순간마다
> 더 아프게 하시고

당신을 기쁘게 할 때마다
더 기쁘게 하십시오

내가 아는 당신은
시작도 끝도 없는
그대로의 사랑입니

–「완전한 사랑을 꿈꾸오니」

구약의 시편을 보듯 자신의 모든 것을 오로지 절대자에
게만 바치려는 마음이 도드라진 작품이다. 위 시에서 '당
신'이나 '사랑'은 인간세계에서 흔히 말하는 뜻과는 물론 다
르다. '종교'라는 단서가 생략되었지만, 굳이 종교의 이름
을 빌지 않더라도 우리는 이 세상을 살아가는 목적과 전제
가 우리를 태초에 생겨나게 하신 그분의 뜻에 따르는 것이
라는 사실을 넌지시 알려주는 시다. 시인은 직접적인 표현
으로 이를 형상화했지만, 위 시를 종교시의 범주에만 가두
는 것 또한 좁은 해석일 것이다. 시는 무한의 영역과 감정
으로 우리를 불러세우는 힘을 지닌다. 세계는 살아갈수록
미묘하고 알 수 없는 천지에 둘러싸여 미혹하거나 방황하
기 마련이다. 인간이 최고로 삼는 물질적인 소유나 권력은
한낱 물거품에 지나지 않거나 신기루일 뿐이라는 사실을
염두에 둔다면, 인간은 오직 자신이 나고 돌아가야 하는 길
을 맨 처음 만드신 이의 마음에 미련 없이 뛰어 들어가야
만 하지 않겠는가. 이런 의미에서 위 시에서 말하는 "시작
도 끝도 없는/ 그대로의 사랑"인 당신에게 안기는 마음은

솔직하면서도 깨끗한 시심詩心이라고도 할 수 있을 것이다. 시인은 당신을 믿고, 당신에 의지하고, 당신을 사랑하는 길만이 인간으로서 유일하게 가치와 의미를 부여하는 일이라고 믿고 있다. 그렇다고 해서 세속적인 모든 근심과 욕망을 완전히 끊어버렸다는 뜻은 아니다. 세속은 인간이 절대자의 뜻을 헤아리고 알아서 영위하는 세계다. 이 세계에서 그분의 뜻을 구현하는 일이 믿음을 지닌 사람이 해야 할 일이다. 이 사실을 알고 행하는 사람은 종교인이든 아니든 그분의 뜻에 따르는 삶을 실천하는 사람이다.

서두르지도 더디지도 않게
그런 걸음으로 당신께 갈 수 있기를

내 손에 있는 것 내 마음에 있는 것
그 자리 그대로 내려놓고
그렇게 갈 수 있기를

한때는 당신이 눈부신 태양이며
파란 하늘이라고 생각했습니다

하지만 당신은
밤하늘에 가장 작은 별이었고
금방 쏟아질 것 같은 비구름
어두운 하늘에서 얼마나 많은 순간
눈을 깜박거려 주셨는지

〉

어느 날, 당신이 부르시면
서두르지도 더디지도 않는
그런 걸음 가질 수 있기를
나, 간절히 원합니다

－「어느 날 당신이 부르시면」

최옥의 시 세계를 가득 수놓고 있는 그리움과 사랑의 시
편들의 최종 목적은 위 시에서 확인할 수 있다. 물론 시인
으로서 그의 시적 형상화와 세계는 앞으로도 무궁무진하게
다채로워질 것이다. 그러나 인간으로서 삶과 시인으로서
문학적 성취를 위한 토대와 틀로 기능하는 것은 바로 가톨
릭적 믿음과 사랑, 그리고 여기에서 비롯되는 겸허와 순종
적인 삶이다. "어느 날, 당신이 부르시면/ 서두르지도 더디
지도 않는/ 그런 걸음 가질 수 있기를/ 나, 간절히 원합니
다"라고 조용히 읊는 어조 속에 그런 낌새를 확인할 수 있
다. 신실한 신자로서 시인은 또한 이 세계를 미학적으로 구
성하면서 상상의 힘으로 새로운 세계를 꿈꾸는 자이기도
하다. 언제 어느 때 예기치 않은 세계를 맞이하게 되더라
도 늘 마음속에 갈구하고 희망했던 절대의 목소리와 실천,
그리고 뜻을 잊지 않으면 평온하게 이 세계를 건널 수 있
겠다는 자기 확신을 거듭 확인할 수 있다. 그리고 바로 이
것이 시인이 살아가는 이유요, 삶에서 행복을 긷는 원천인
것이다. 이를 위해 끊임없이 기도하는 삶을 살아가는 시인
의 시적 성취를 기대해 본다.